Mémère Poussière et M. Bardoux

Données de catalogage avant publication (Canada)

Allard, Francine

Mémère Poussière et M. Bardoux

ISBN 2-89558-048-0

PS8551.L547M45 2001   jC843'.54   C2001-940684-3
PS9551.L547M45 2001
PZ23.A44Me 2001

I.Titre

Le Conseil des Arts du Canada
The Canada Council for the Arts

Nous remercions le Conseil des Arts du Canada de l'aide
accordée à notre programme de publication.

Québec ::

© Les Éditions Alexandre Stanké inc., 2001
Infographie : Éditions Alexandre Stanké inc.
              Infographie HOP
Illustrations : Isabelle Pilon

Dépôt légal : deuxième trimestre 2001
Participation *SODEC*
IMPRIMÉ AU QUÉBEC (CANADA)

Les Éditions Alexandre Stanké inc.
5400, rue Louis-Badaillac
Carignan (Québec)
J3L 4A7 CANADA
Tél. : (514) 761-1666 Fax : (514) 761-2408
alexandrestanke@qc.aira.com

Francine Allard

Mémère Poussière
et M. Bardoux

Collection @ Jeunesse.com

Alexandre Stanké

À mon ami Michel Ernest,
pour sa compréhension de la vie.
À mon fils Matthieu,
pour son amour si grand.

1

À Pâques, Mémère Poussière a téléphoné. C'est la première fois qu'elle nous appelait de la Floride depuis que grand-père Marcel est décédé. Une mort qui a jeté tous les membres de la famille par terre. Une mort qui nous a tous fait apprécier la vie.

Grand-père Marcel avait un cœur percé comme une passoire, nous a confirmé le docteur Frenette. Un vieux cœur fatigué qui a cessé de battre juste la veille de l'anniversaire de Mémère Poussière. Nous l'avons surnommée ainsi parce qu'elle tenait toujours un petit balai que grand-père lui avait acheté à la quincaillerie, afin de balayer tous les grains de poussière qui n'auraient ainsi pas le temps de s'accumuler sous les meubles. J'avais trois ans lorsque j'ai, pour la première fois, surnommé grand-mère Yvette « Mémère Poussière » et ça lui est resté.

Quand grand-père Marcel est mort, nous étions très tristes à la maison. Ma mère traînait son regard sombre en le posant parfois sur des photos encadrées de son vieux papa. De temps à autre, elle plaçait sa main froide sur notre épaule, à ma sœur Caroline et moi, en essayant de nous consoler. Elle disait :

« Mes pauvres amours. Ne pleurez pas. Votre pépère, il est bien mieux là où il est. Au moins, là-bas, il ne souffre plus. »

Puis, maman pressait nos deux visages contre son tablier qui sentait les biscuits au sucre et le lait caillé. Caroline et moi ne savions pas vraiment ce qu'était la mort. Nous ne nous rappelions que des cabrioles de grand-papa

Marcel. Et de ses petits oiseaux de papier, et de ses instruments de musique fabriqués avec des tas d'objets hétéroclites : des bouteilles, des élastiques, des branches de bois perforées. Et de sa pipe qui empestait la pièce.

La veille des funérailles de pépère Marcel, papa nous a amenés faire les courses, et il nous a acheté tout le chocolat que nous voulions. Puis, il s'est gentiment moqué de moi parce que j'ai des fossettes sur les joues comme grand-papa Marcel.

Puis, au salon funéraire, nous avons rencontré des vieilles tantes barbues, des cousines des États-Unis et les anciens collègues de travail de pépère à l'usine. Nous avons dû, ma sœur et moi, donner des poignées de mains et accepter des bisous, sans lever le cœur, de toutes ces personnes que nous ne connaissions pas. Je trouvais que pépère Marcel était bien chanceux d'être où il était. J'avais hâte de revenir à la maison et de retrouver mes livres d'aventures. Et Caroline, sa collection de timbres. Nous, on n'aimait pas beaucoup la mort et toutes ses obligations. Je croyais qu'on devait mourir et disparaître comme un mauvais rêve. Pfuit ! Comme ça, les gens de la famille n'auraient pas besoin de recevoir les bisous piquants des vieilles cousines en provenance des États-Unis.

Depuis la mort de pépère Marcel, sa femme vivait en Floride, au pays des oranges et des pamplemousses, là où on se baigne même l'hiver. Et pendant des mois, jamais elle ne nous a téléphoné. Maman disait qu'elle avait trop de peine et que chaque fois qu'elle entendait notre voix, cela lui rappelait son vieux Marcel.

Il paraît qu'en Floride, elle avait moins froid.
Son cœur guérissait plus vite.

Nous, nous étions patients.

2

« Je reviens à la maison, dit Mémère Poussière, au téléphone. Je me suis acheté un ordinateur. Je pourrai parler à mes vieux amis de Fort Lauderdale tous les jours par Internet. J'arrive demain. »

C'est par ces paroles que nous avons appris que Mémère Poussière était revenue à la vie. Que Caroline et moi pourrions aller chez elle après l'école sans même téléphoner avant. Qu'elle nous ferait des galettes de sarrasin avec de la mélasse et qu'elle nous apprendrait des dizaines de jeux de patience avec ses belles cartes à jouer de la Floride. Qu'elle nous raconterait l'histoire de Renart en nous berçant de sa jolie voix de tendresse. Mémère Poussière allait arriver vers 16 heures et réanimer son petit logis de la rue Millette, à deux pas de chez nous.

Le lendemain, maman vint nous trouver dans la salle de jeux.

— Venez les enfants, nous allons faire le ménage chez grand-mère avant son retour, ordonna ma mère.

— Mais, elle n'a pas pu faire de traîneries, elle habitait en Floride, répliquai-je.

— Ernest ! Tu sais que Mémère déteste la poussière. Nous allons lui épousseter ses meubles et aérer les pièces. Tu aimerais rentrer chez toi et que ça sente la vieille pipe ? ajouta ma sœur.

Il n'en fallait pas plus pour que maman,

Caroline et moi, nous nous rendîmes rue Millette afin que Mémère Poussière se sente de nouveau heureuse dans son petit logement, propre et bien aéré.

À 16 heures quinze, Mémère Poussière tourna la clé dans la serrure et fut très contente de nous voir là tous les trois. Elle se mit à parler comme un radio-cassette.

— ... Et puis, je suis allée à la pêche en haute mer. Et j'ai mangé des pétoncles frits tellement bons, et j'ai remporté le championnat de pétanque et Mme Lapierre m'a dit... bla-bla-bla.

J'écoutais parler Mémère Poussière et je me dis qu'elle était vraiment guérie de l'absence de grand-papa. Elle avait les yeux vifs. Je remarquai même qu'elle avait colorié ses paupières avec un peu de bleu et ses lèvres de rose.

Mémère Poussière était de nouveau Mémère Poussière. Je me collai contre son ventre et elle me fit un gros câlin.

— Tu sais quoi, mon petit Ernest ? Je vais installer l'Internet sur mon nouvel ordinateur. Tu veux m'aider ?

— Tu… tu… veux aller sur… Internet, toi Mémère ? lui demandai-je sceptique.

— En Floride, j'y allais tous les jours. J'ai rencontré plein de gens qui, disons, partagent les mêmes idées que moi. Des gens… euh… fort intrigants. Je vais téléphoner à un serveur dès que je serai bien installée. Il faut d'abord que je défasse tous mes bagages. Maintenant que je vous ai tous ici avec moi, aussi bien en profiter.

Jusque tard le soir, nous avons aidé Mémère Poussière à déballer tous ses effets personnels, à ranger ses valises, à découvrir des trésors aussi. Elle nous avait acheté des tas de surprises : des montres, des boules de Noël avec notre prénom dessus, des porte-clés en forme d'animaux en peluche, des cartes à jouer, des friandises à la tire d'eau de mer et trois bouteilles de vin pour papa. Nous avons commandé du poulet et nous avons bavardé de tout sauf de grand-papa Marcel. Non pas que nous l'ayons oublié – jamais je ne serai capable d'oublier mon grand-père – mais nous ne voulions pas que Mémère Poussière se mît à perdre ses belles joues roses et son rire tonitruant.

À 22 heures, maman nous invita à retourner chez nous après s'être assurée que notre grand-mère put demeurer seule désormais dans son petit logement. J'embrassai grand-mère Poussière en lui promettant d'aller la voir le plus souvent possible pour l'aider avec l'Internet. Moi, je pensais davantage aux galettes de sarrasin avec de la mélasse.

3

Le samedi suivant, je reçus un appel de Mémère Poussière.

— Mon Ernest, ça y est ! J'ai déniché un serveur. Je vais lui téléphoner dans quelques minutes. J'ai besoin que tu m'expliques certaines petites choses pour l'installation d'Internet. Il faut que tu fasses vite. J'ai des courriels à envoyer dans les vieux pays.

— J'arrive, Mémère. Dès que j'ai terminé la vaisselle et… le ménage de la cage de mon hamster et… et le ménage de ma chambre… et…

— … Allons, viens tout de suite ! Je t'aiderai à faire la vaisselle et ton ménage… c'est promis !

Mais, pas les crottes de ton hamster ! cria-t-elle avant de reposer le combiné.

Je sus que je devais me rendre chez Mémère au plus vite. Je n'arrivais pas à y croire. Mémère Poussière, qui était plutôt du genre « souvenirs d'enfance » et « mamie rétro », voulait à tout prix communiquer par courriel à ses vieilles connaissances. Et son empressement à installer Internet me fit présumer d'une affaire bizarre. Très bizarre.

Au bout d'une vingtaine de minutes, grand-mère put se servir de l'Internet. Je voulus lui montrer quelques trucs pour entendre des groupes de musique, ou pour visiter les sites de ses postes de radio favoris. Rien à faire. Mémère voulait écrire à ses amis.

— C'est bien, mon petit Ernest ! Tu peux retourner chez toi maintenant. Viens, je vais te reconduire. J'ai promis de t'aider à faire ton ménage et la vaisselle. Allons, viens !

Nous marchâmes sur le boulevard qui menait jusque chez nous, Mémère Poussière et moi. Le printemps n'était pas tout à fait convaincu de vouloir laisser sa place à l'été. Le vent était encore frais et des stries de glace résistaient à l'ombre des toitures.

— Il fait bien plus beau à Paris, par les temps qui courent, lança Mémère Poussière.

— En Floride aussi !

— Mais Paris est tellement beau au printemps ! soupira-t-elle comme une jeune fille.

Nous fîmes le ménage de ma chambre et la vaisselle avant que mes parents ne reviennent du travail. Mémère Poussière eut même le temps de concocter son fameux potage aux carottes et à l'orange, le préféré de mon père. Puis, elle retourna chez elle en sifflotant sous les arbres chargés de bourgeons.

4

Puis, l'été arriva très vite. Avec ses journées qui s'étiraient comme de gros chats paresseux, ses balades en bicyclette jusqu'au magasin de crème glacée, ses grillons qui chantaient de petites cantates sous les buissons, ses ondées qui rafraîchissaient les pelouses. J'aimais aussi les pique-niques avec ma famille dans les parcs qui bordaient le fleuve Saint-Laurent et les visites dans les jardins zoologiques. L'été était ma saison préférée.

Avant le départ de grand-papa Marcel, lui et Mémère Poussière nous accompagnaient dans nos balades à la campagne. Nous allions souvent à Sainte-Flavie pour que grand-père puisse revoir sa famille qui dormait dans le grand cimetière. Mais dès qu'il s'y est retrouvé à son tour, Mémère Poussière ne voulut plus venir avec nous.

— Vous êtes assez de quatre. Je serais une nuisance pour vous, disait-elle avec un air coquin.

— Mais non, maman ! Viens avec nous. Les enfants sont si contents quand tu nous accompagnes, insistait ma mère.

— J'ai beaucoup à faire chez moi.

— Ça vous fera du bien de sortir un peu, ajoutait papa.

— Mon gendre ! Les vieilles dames ont besoin de leur tranquillité, parfois, concluait-elle. Allez-y sans moi, c'est bingo-Toronto !

Lorsque Mémère Poussière disait : « c'est bingo-Toronto ! », il n'y avait plus rien à redire.

C'était comme si elle avait prononcé : « point final ! ». Plus personne n'insistait.

Elle passait ses journées à arroser ses fleurs, à faire des biscuits à l'avoine, à nettoyer la poussière. Puis, vers treize heures, Mémère Poussière s'enfermait dans le petit cagibi qui lui servait de bureau, elle ouvrait son ordinateur et se lançait à l'aventure sur Internet. Pas moyen de lui téléphoner entre 13 heures et l'heure du souper : Mémère Poussière flottait sur le Net comme un petit voilier. Je l'imaginais en train de visiter un musée de New York ou de faire des mots croisés. Ou encore, de découvrir de nouvelles recettes.

Un après-midi, j'entrai chez elle alors qu'elle naviguait gaiement sur le Net. Elle fut très embarrassée puisqu'elle se leva et m'entraîna dans la cuisine.

— Veux-tu des carrés aux dattes, mon petit Ernest ?

— Qu'est-ce que tu as trouvé sur l'Internet, Mémère ?

— Rien d'intéressant.

— Mais tout est intéressant, si tu sais comment l'utiliser évidemment, ajoutai-je.

Mémère Poussière me fit ses gros yeux fâchés. Je venais de douter de ses compétences de navigatrice.

— Tu sauras, Ernest-le-grand-savant, que je connais l'Internet plus que toi ! Je parle tout l'après-midi à mes amis de Fort Lauderdale, de Londres, de… de… Montréal et de… de… Paris !

— Tu… tu parles toute la journée à tes amis ? lui demandai-je.

— Oui, monsieur ! Je communique, MOI ! Je passe mes après-midi à recevoir des nouvelles de mes amis.

— Rien que des courriels ?

— Oui, monsieur ! Bingo-Toronto !

J'avais l'impression que Mémère Poussière avait, en quelque sorte, oublié de parler à des amis durant toutes ces années. Je comprenais qu'elle se sentait devenir une jeune fille et qu'elle reprenait le temps perdu.

— Viens, Mémère ! Je vais te montrer un nouveau site du troisième âge. Tu as une liste de toutes les activités possibles : la danse en ligne, les tournois de bridge, les groupes

29

de discussion, les voyages en Terre Sainte, les…

— Ernest ! Tu ne vas pas m'envoyer en Terre Sainte à mon âge ! Et je déteste les danses en ligne ! On a tous l'air de saumons en train de remonter les rivières avec leurs grandes bouches édentées ! Et le bridge, c'est pour ceux qui ne veulent pas parler. Ta mémère, mon petit Ernest, elle veut jouer du clavier ! Écrire à ses amis du monde entier ! Comme ça, j'ai l'impression de ne plus être seule.

— Mais, nous sommes là, nous ! m'écriai-je complètement affolé.

Mémère me prit dans ses bras en riant.

— Bien sûr, mon petit trésor. Mais tu vas à l'école, tu as tes cours de piano, tes amis. Moi, j'ai élevé trois enfants tu sais et j'ai soigné ton grand-père qui était malade et j'ai oublié parfois de penser à moi. Alors, avec l'Internet, c'est le Monde qui m'appelle. Tu comprends ?

Puis, Mémère Poussière se mit à gigoter sur sa chaise comme… un saumon qui remonte une rivière, justement. Je me mis à rire.

— Excuse-moi maintenant, mon petit Ernest ! Je dois répondre à mon… à une personne de la… de l'Europe.

5

Un matin d'automne, au petit déjeuner, je surpris mes parents en train de discuter ferme au sujet de Mémère Poussière.

— Je te dis qu'elle fait une dépression nerveuse ! Elle a refusé que j'aille prendre le thé avec elle lundi après-midi, criait maman.

— Elle est peut-être malade. Peut-être devrions-nous l'inviter à venir vivre avec nous. Je pourrais installer mon bureau de comptable au sous-sol, proposa mon père.

— Il faudrait que je la montre au docteur Pouilly.

Là, c'était trop. Je devais me mêler de la discussion.

— On ne montre pas Mémère comme un nouveau jouet. Si elle est malade, elle ira elle-même chez le docteur Bouillon ou Poulet !

— Pouilly, mon chéri.

— Mémère a élevé trois enfants et s'est occupée de grand-papa Marcel et… elle s'est oubliée quelque part, vous saurez. Elle n'est pas malade, elle est… en train de rajeunir.

— Comment ça, rajeunir ?

— Mémère Poussière découvre le monde sur Internet.

— Sur Internet ? prononcèrent mes parents comme une litanie.

— Elle me l'a dit. Bingo-Toronto ! terminai-je.

Ma mère s'esclaffa et mon père la serra dans ses bras.

— Tu vois, Jocelyne. Ta vieille mère est en train de se promener sur l'autoroute de l'information et toi, tu la crois en dépression nerveuse sur la rue Millette !

— On devrait aller lui rendre visite ce soir, proposa ma mère.

Je me hâtai d'ouvrir mon ordinateur. J'ouvris ma boîte à courrier électronique et j'envoyai un message à Mémère Poussière.

« Ce soir, papa, maman, Caroline et moi allons chez toi. Réponds-moi vite si tu es contente. »

À mon retour de l'école, pas de message de Mémère Poussière. Je lui téléphonai. Pas de réponse. J'enfourchai ma bicyclette et me rendis chez elle, sur la rue Millette. Personne. La voisine, madame Poirier, sortit pour aller promener son chien. Lorsqu'elle me vit, elle eut un rire assez étrange.

— Tu cherches ta grand-mère, Ernest ?

— C'est ça. Elle n'a pas donné de nouvelles depuis hier.

— Mais, c'est épouvantable, se moqua madame Poirier. Une personne de 65 ans qui ne téléphone pas à ses enfants pour leur donner son itinéraire. On n'a plus les vieilles personnes qu'on avait !

Puis, Mme Poirier s'éloigna en riant. Je suis certain que même son chien Gudule s'est mis à rire lui aussi. J'étais interloqué. Je fis alors le tour du logement de Mémère Poussière. Je montai sur le balcon à l'arrière de la maison. Je m'écrasai le nez sur la vitre de la porte. Horreur !

Sur la table de la cuisine, il y avait des livres sur la France, des dépliants d'agences de voyages, un guide Michelin et *Le petit routard* de… PARIS ! Tout à côté, j'aperçus un grand récipient rempli d'eau dans lequel baignaient les plantes vertes de ma grand-mère. Le néon au-dessus de la cuisinière était resté allumé. Mémère Poussière s'était envolée.

Je revins à la maison à la vitesse d'une Formule un. J'entrai dans la cour sans même ralentir et je vins atterrir dans le tas de feuilles que papa avait ramassées la veille, heureusement !

— Mémère Poussière s'est enfuie ! criai-je en entrant.

Maman renversa de l'eau bouillante sur la cuisinière et Caroline échappa un timbre assez rare si je me fiai au cri qu'elle poussa.

— Qu'est-ce que tu racontes ? Mémère s'est enfuie ?

— Enfin… elle est partie à Paris.

— À Paris ?

— Elle nous a abandonnés. Elle ne nous aimait plus, c'est tout. Elle a parlé des journées entières à ses amis sur Internet parce qu'elle les trouvait plus importants que nous, voilà ! hurlai-je en braillant.

Maman me suivit dans ma chambre. Elle s'assit sur le pied de mon lit et je lui racontai ma rencontre avec la voisine de Mémère Poussière et toutes les choses que j'avais découvertes.

— J'ai la clé. Venez, on va aller voir ce qui se passe, déclara ma mère, visiblement très inquiète. Mémère rendue à Paris sans nous en parler ! C'est tout à fait ridicule.

6

Nous pénétrâmes chez Mémère Poussière comme la police dans le repaire d'une bande de voleurs. Tout était propre comme d'habitude. Dans son placard, sa valise de voyage n'était plus là. Dans le réfrigérateur, il n'y avait ni lait, ni œufs, ni fromage. Ses vitamines n'étaient plus dans l'armoire des tasses comme à l'accoutumée.

— Sa brosse à dents n'est pas là non plus ! criai-je de la salle de bains. Mémère s'est vraiment enfuie.

Puis, je me mis à pleurer comme si j'avais été dans une manufacture d'oignons. Ma mère avait les cils mouillés et mon père tentait de la consoler.

Caroline, qui ne s'énerve pas avec grand-chose, déclara :

— J'espère qu'elle va penser à me rapporter des timbres de la France.

J'eus alors l'idée du siècle. L'Internet ! Je m'installai devant l'ordinateur de ma grand-mère. Je me rendis jusque dans sa boîte de messages envoyés.

— Ernest, tu ne crois pas que c'est très indiscret ce que tu fais là ? demanda ma mère.

— Il faut savoir ce qui s'est passé. Ce sont les seuls indices que nous ayons. On ne s'en va pas en voyage sans raison. Elle m'a dit qu'elle avait plein d'amis sur Internet. Je pourrais en questionner quelques-uns.

— C'est une excellente idée, mon chéri, déclara ma mère en serrant fort la main de mon père.

Alors, j'aperçus les vieux courriels de Mémère Poussière. Ils étaient adressés à des personnes que nous ne connaissions pas. J'ouvris celui destiné à une certaine Thérèse. Le message ne parlait que de la température et du prix du bœuf haché. Puis, un message à Pâquerette : la recette du fameux pâté au poulet de Mémère Poussière qui avait fait sa marque dans la famille. Un autre en anglais destiné à une inconnue et qui parlait de politique américaine.

— Tu vois, Ernest, il n'y a rien sur Internet, soupira papa.

— Cherche encore ! m'encouragea ma mère.

Je me rendis alors dans la liste des messages reçus, le cœur battant comme un tam-tam africain. Qu'allais-je donc y découvrir ?

À l'aide de la souris, je cliquai sur le premier message reçu. Il provenait d'une certaine Estelle Poliquin.

— C'est son amie de Floride. Celle qui a trois chats. Grand-mère m'en a parlé, s'écria ma sœur qui tout à coup s'intéressait à l'enquête.

Le message était interminable. Des nouvelles de M. Poliquin qui faisait de la goutte au pied droit, l'histoire d'un enfant qui avait failli se faire dévorer par un requin, le prix des timbres américains et la température. Aucun indice sur la disparition de Mémère Poussière.

Le second message provenait d'une dame anglophone et indiquait à Mémère Poussière les tarifs de location d'une salle de réception à Verchères.

— Tiens, elle veut organiser une soirée, maintenant ? s'étonna ma mère.

— Elle va avoir 66 ans dans quelques semaines, déclara Caroline.

— Pourquoi voudrait-elle s'organiser une fête d'anniversaire, elle-même ? C'est plutôt bizarre, ajouta mon père.

— Mémère Poussière est bizarre, justement, dis-je en éclatant de rire.

Je continuai ma quête en cliquant sur le quatrième message. Une dame invitait ma grand-mère à chanter dans une chorale, je crois, parce qu'elle lui indiquait l'horaire des répétitions. « Vous pourrez venir nous entendre d'abord, chère Yvette. »

— Elle qui chante comme une cuve qui se vide, s'esclaffa mon père.

Les six messages qui suivaient, provenaient de mon ordinateur. Six messages que j'avais envoyés à Mémère Poussière. Je les passai très, très vite puisqu'ils étaient très personnels.

Le courriel suivant nous étonna. Un certain Ansèlme Bardoux écrivait à ma grand-mère :

« Ma chère Yvette, il faut que tu parles à ta famille. Nous ne pourrons pas nous cacher éternellement. J'ai hâte de te battre au jeu de dames, si tu saisis ce que je veux dire. Mille baisers précèdent notre feu d'artifice. Ton dévoué, Ansèlme Bardoux.»

— Mémère Poussière est en amour ! s'écria Caroline.

— Ansèlme Bardoux, c'est un drôle de nom, pas vrai ? opina mon père.

— Mais, d'où provient ce message, Ernest ? demanda ma mère.

— D'après l'adresse électronique, je dirais de quelque part… en France.

— De… de Paris ? interrogea Caroline.

Si elle avait décidé de nous inquiéter, Mémère Poussière avait vraiment réussi. Ma mère avait remis son masque de tristesse. Le vrai, cette fois. Elle observait la photo de grand-père Marcel dans le cadre de bronze accroché au-dessus de l'ordinateur. Je compris ce qui trottait dans sa tête. Ma mère devait se demander comment notre grand-mère avait pu oublier si rapidement son mari qui était décédé il y avait seulement une année. Ses yeux s'embuèrent et elle essuya ses cils du revers de la manche. On était tous là, les yeux fixés sur le message de M. Bardoux, en train de s'inquiéter de Mémère Poussière qui devait, elle, s'amuser avec son nouvel amoureux.

Ma mère se leva, replaça le pli de sa jupe noire et se dirigea vers la porte, en poussant de longs soupirs.

— Ma chérie, tu ne vas pas en vouloir à ta mère de refaire sa vie ! Ce M. Bardoux, il est peut-être épatant !

— Avec un nom pareil ! Ce doit être un vieux grigou mal léché !

Puis, je la rejoignis pour la consoler. Elle toucha mes fossettes, comme celles de grand-papa Marcel.

— Tu lui ressembles tellement !

7

Le vendredi suivant, alors que ma mère était au bord de l'exaspération, Mémère Poussière téléphona. D'après les réponses de ma mère, je compris qu'une catastrophe venait de se produire dans les vieux pays.

— QUOI ? Tu veux dire que tu es allée à Paris sans même nous avertir ? Il ne t'est pas venu à l'idée que je pouvais mettre la police à tes trousses ? Qu'est-ce que tu racontes ? Tu… tu… reviens demain avec ce monsieur Ba… Ba… Bardoux ? … Je veux bien croire qu'il a de jolies moustaches comme Salvador Dali ! Arrête de rire, maman, je t'en prie ! Comment ça, il te fait des chatouilles ? Dis-lui de cesser immédiatement parce que tu parles à ta fille, tu sauras ! Tu… tu… vas nous le présenter ? Mais… mais… MAMAN !

Mémère Poussière avait reposé le combiné. Ma mère ne savait plus si elle devait rire ou pleurer.

— Elle nous amène ce vieux Ansèlme machin par l'avion de 18 heures ! Paraît qu'il a changé sa vie. C'est pas difficile à croire, elle n'arrêtait pas de rigoler au téléphone. Elle est heureuse comme jamais elle ne l'a été. Imagine, mon petit Ernest ! Mémère Poussière amoureuse d'un Parisien à moustaches !

— Tu ne m'as pas dit que papa est entré dans la vie de tes parents comme un chien dans un jeu de quilles ? glissai-je subtilement.

Maman me fixa en réfléchissant très fort. Elle éclata de rire.

— Je leur ai présenté papa juste la veille de nos fiançailles, c'est vrai.

— Bon, et bien, on va se préparer à rencontrer le fiancé de Mémère Poussière. J'ai hâte de lui voir la binette.

8

Le lendemain, toute la famille se retrouva à l'aéroport. Papa ne cessait pas de faire des blagues, maman fixait les portes de l'arrivée des voyageurs en se mordillant la lèvre inférieure. Caroline et moi avions tous les deux préparé un dessin pour M. Bardoux. Aussi bien l'avoir dans notre poche, celui-là !

Après quelques minutes à observer le va-et-vient étourdissant de l'aéroport, les portes des arrivées internationales s'entrouvrirent. Parmi la foule bigarrée, je fus le premier à apercevoir Mémère Poussière. Elle était radieuse. Elle portait un petit chapeau noir piqué d'une fleur rouge et un petit costume zébré de la même teinte. Puis, juste derrière elle, un gros monsieur joufflu avec une paire de moustaches qui nous avaient été annoncées par la principale intéressée, nous fit un large sourire.

— C'est lui ! C'est monsieur Bardoux ! lançai-je.

— Mon dieu ! murmura ma mère en portant la main à sa poitrine.

— Il a l'air gentil ! On dirait Pavarotti ! dit Caroline.

— On devrait bien s'amuser, glissa mon père en reluquant sa femme.

Mémère Poussière couinait d'allégresse en nous présentant son « Ansèlme-chou ».

— Bonsoir, mes trésors. Je vous présente... je vous présente mon MARI ! lâcha-t-elle sans mesurer l'effet que cette annonce allait provoquer chez ma pauvre mère.

— Vous êtes mariés, en plus ! cria-t-elle.

— En plus de quoi ? demanda Mémère Poussière.

Ma mère ne sut pas quoi répondre. Complètement hébétée, elle tendit la main à notre nouveau pépère et lui sourit avec résignation.

— Eh bé ! je suis un nouveau dans la famille. J'espère que ma bouillabaisse et mon pâté de foie à l'ail vont vous séduire !

Mémère s'agita.

— Ansèlme fait la cuisine comme un vrai chef ! Il a été dans les Saucissons Bardoux, à Paris. Il a aussi reçu les honneurs de l'Académie des chefs saucissiers de France ! Ce n'est pas n'importe qui, vous savez !

— Comment vous êtes-vous… enfin… rencontrés ? demanda ma mère.

— Sur l'Internet. Un site de gens intéressés à venir au Canada. Ansèlme m'a séduite instantanément ! Imaginez ! Le PDG des Saucissons Bardoux en personne ! Nous nous sommes aimés dès le premier courriel !

— Nous n'en doutons pas un seul instant, répliqua mon père qui adorait la charcuterie.

— Il a une grande collection de timbres, et il joue du piano comme un ange ! ajouta Mémère Poussière en se tournant vers Caroline et moi.

Ma mère observait notre nouveau grand-père avec une drôle de mimique. Dans la voiture, nous étions aussi tassés que les petites cuillères dans un tiroir. M. Bardoux commentait tout ce qu'il voyait. Lui et papa parlèrent de voitures, du prix de l'essence et de la conduite automobile des Français. Mémère Poussière se collait sur son « Bardounet » – c'est ainsi qu'elle l'avait surnommé – et lui, il lui bécotait le bout des doigts comme dans les vieux films français. Moi, j'étais content. Ce M. Bardoux me plaisait bien puisque Mémère Poussière était heureuse.

À ma grande surprise, ma mère invita les nouveaux mariés à la maison pour le souper. Ils acceptèrent avec un peu d'hésitation.

— Juste un petit dîner – avant, elle disait le souper – car nous avons bouffé – avant elle disait mangé – dans l'avion plutôt deux fois qu'une. Et puis, Ansèlme est fatigué.

À la maison, ma mère servit des pâtés, des fromages et une grosse salade verte. Les adultes parlèrent de tout et de rien. Caroline et moi retournâmes à nos occupations préférées. Lorsque nous revînmes pour le gâteau, M. Bardoux leva son verre de vin et proclama :

— À la plus belle femme du Canada ! À la plus essssstraordinaire famille qu'il m'a été donné de connaître dans tout le monde entier !

Mémère Poussière pleura un peu et ma mère alla discrètement ranger dans un tiroir, le cadre avec la photo de grand-père Marcel.

9

Toute la semaine, nous avions laissé nos moineaux faire leur nid. Je passais près de chez Mémère Poussière sans me décider à m'y arrêter. J'avais peur de les déranger, son nouveau mari et elle.

Un après-midi, en revenant de l'école, je fis un détour. M. Bardoux balayait le perron en jasant avec Mme Poirier qui revenait de promener Gudule.

— Tiens, mon garçon ! Quelle belle visite ! Entre boire un « perroquet ». Ta grand-mère sera contente de te voir, tiens !

J'entrai timidement – enfin presque – chez Mémère Poussière-Bardoux. Elle me prit dans ses bras et m'embrassa très fort.

— Tu me boudais, mon petit Ernest ?

— Euh… non ! Je ne voulais pas vous… euh… déranger, répondis-je.

— Tu ne nous dérangeras jamais, mon garçon ! déclara M. Bardoux.

Je fis le tour de la maison avec mon regard d'inspecteur et remarquai que les photos de grand-père Marcel étaient encore accrochées sur les murs. Grand-mère s'en aperçut et me dit :

— Grand-père Marcel est toujours là, dans mon cœur. Il doit être tellement content que je sois heureuse, tu sais. Quand une fleur se fane, les autres ont encore plus de forces pour s'épanouir, tu ne crois pas ?

Je réfléchis un moment et j'acquiesçai. Puis, M. Bardoux m'offrit un verre d'une mixture verte et laiteuse qui fleurait la réglisse noire.

— C'est un « perroquet ». Pastis et crème de menthe verte. C'est de Marseille, la ville où je suis né. C'est bon, hein ? J'en ai mis juste une petite goutte dans de l'eau fraîche pour ne pas faire choquer ta mémé. Il ne manque plus que la pétanque pour me rappeler ma jeunesse, peuchère !

Je m'assis auprès de mon nouveau pépère. Avec son accent si joli, il me parla de son enfance, de la chasse aux grives, des oliviers et des champs de lavande qui sentaient si bon. En me racontant cela, il gesticulait tant que cela me faisait rire. Il me parla aussi de la guerre et de sa femme qui mourut en mettant au monde sa petite Rosaline. Et il ne riait plus tout à coup. Il buvait une gorgée de son « vrai » pastis et il repartait de plus belle en chevauchant les époques de sa vie où il fut tour à tour maire de Septèmes-les-Vallons, saucissier et professeur

de tango. Il me raconta aussi sa rencontre avec
Mémère Poussière qu'il attrapa tout à coup par
la taille, pour la faire danser au milieu du
salon. Elle riait et ses yeux étaient aussi
brillants que des billes. J'étais si heureux de
pouvoir partager son bonheur.

Je me dis qu'il devenait impérieux que je
retourne sur Internet pour me trouver une
amoureuse, moi aussi.

10

— Qu'est-ce que tu fricotes là ? me demanda ma mère en faisant vrombir l'aspirateur dans ma chambre. Laisse-moi voir ?

— Ne lis pas ! C'est personnel ! répliquai-je aussi rapidement que quelqu'un de coupable.

Maman s'appuya sur le tuyau de l'aspirateur puis tenta de lire les quelques phrases que j'avais inscrites dans la boîte électronique d'une certaine Ambroisine.

— Ambroisine ? Tu parles d'un prénom ! se moqua-t-elle.

— Maman ! Elle habite au Sénégal, en Afrique, tu sauras. Là-bas, ils ont des noms différents et c'est tout !

— Excusez-moi, Monsieur ! Et, qui est-elle, cette Ambroisine du Sénégal ?

— C'est une fille formidable ! Elle porte de longues nattes, elle va à l'école et elle travaille aussi pour un marchand de fruits. Le soir, elle aide son père à fabriquer des tam-tams avec de la peau de chèvre.

— Elle en fait des choses. Presque autant que toi ! se moqua-t-elle.

— Si papa fabriquait des instruments de musique, je l'aiderais, ça, c'est certain.

— C'est toujours plus vert dans le jardin du voisin, tra-la-lère ! chantait ma mère en dansant une polka avec le tuyau de son aspirateur.

— M. Bardoux m'a dit la même chose la semaine dernière ! Mémère Poussière parlait vraiment du gazon de monsieur Campeau qui était toujours aussi vert qu'un terrain de golf.

Ma mère s'immobilisa tout net. J'avais encore un peu de mal à mentionner le nom de son beau-père sans qu'elle ne se sente bouleversée.

— Qu'est-ce que tu as ? Tu n'aimes pas M. Bardoux ? osai-je lui demander.

— C'est difficile d'accepter qu'un autre homme remplace ton père, mon chéri. Et Ansèlme, il est si… si…

— Différent ? lui suggérai-je.

— Oui, c'est ça, différent. Tu vois, grand-mère n'a jamais aimé les patates, et bien, depuis que son petit Bardounet lui fait des « pommes de terre rissolées à la moutarde de Meaux » – elle se moquait de l'accent de monsieur Bardoux et c'était tordant – grand-maman en mange à tous les repas ! Elle boit du pastis avant de souper et elle mange du saucisson sec le soir avant d'aller au lit ! C'est incroyable ! Elle saupoudre de la lavande sous ses draps et elle fricote de la « tapenade » pour ses biscottes !

— De la tapenade ? C'est quoi?

— De la purée d'olives noires. Une recette de la France ! Elle a beaucoup changé, tu sais. Elle rit tout le temps comme une fillette et elle dit « peuchère » comme ce... ce...

Maman se mit à pleurer comme un robinet. J'abandonnai Ambroisine, fermai l'Internet et tentai de consoler ma mère. Les adultes ont parfois la mauvaise habitude de s'en faire avec pas grand-chose. Mémère Poussière avait remplacé son mari par un extra-terrestre français rencontré sur l'Internet. Mais je croyais que l'attachement que nous avions tous eu pour grand-père Marcel n'était que plus fort. Il fallait que je fasse l'impossible pour que maman accepte M. Bardoux, non pas comme un autre grand-père Marcel mais comme… monsieur Bardoux. Bingo-Toronto !

11

Le lendemain, je me rendis chez les Bardoux. Mémère Poussière était seule à la maison. J'allais pouvoir enfin lui parler en secret. Elle était retournée sur l'Internet pour confirmer son grand bonheur à ses amis d'outre-mer.

— C'est quand même formidable, mon petit Ernest. Tous ces gens timides qui arrivent à écrire des romans sur l'Internet. C'est la révolution de la communication intercontinentale ! Tu pourrais te trouver une copine, mon trésor, ajouta-t-elle en s'esclaffant. L'erreur, c'est que dans la vie, les couples se forment sans jamais vraiment bien se connaître. Par l'Internet, tu peux faire la conversation à une personne durant des mois. Tu peux vraiment la connaître en sachant ce qu'elle pense de la politique, de la cuisine, de la musique. Derrière l'Internet, la gêne n'existe pas. Personne autour de toi ne t'entend pour ensuite te juger. Tu es li-i-i-i-bre !

Mémère Poussière m'entraîna dans la cuisine. Sur le rebord de la fenêtre, des petits sapins très odorants s'étiraient les bras sous les rayons du soleil.

— Du romarin. Ansèlme en met partout. Dans la bouillabaisse, dans les flageolets, dans son civet de lièvre.

Je ne reconnaissais plus beaucoup ma Mémère Poussière avec ces mets bizarres. Maman avait raison. Mémère avait beaucoup changé. Mais, elle était mieux qu'avant, si je puis m'exprimer ainsi. Plus enjouée que lorsque grand-père Marcel était malade. Je dirais, plus jeune aussi. C'est ça, Mémère Poussière rajeunissait au contact de son Ansèlme. Elle avait raison aussi pour l'Internet. Moi, je connaissais tout d'Ambroisine. La couleur de ses cheveux, de ses yeux. Les matières qu'elle aimait à l'école, le nom de sa chèvre, le nom des membres de sa famille, ses notes en français, ses larmes lorsqu'elle songeait au jeune homme que son père voulait qu'elle épouse quand elle serait plus âgée, ses peurs et ses grandes joies. Ma mère, elle, avait mis douze ans avant de savoir que papa détestait le pâté chinois ! Et lorsqu'elle l'a su, elle est allée quatre jours chez sa copine Sophia tellement elle était choquée contre mon père ! Vive les communications, me suis-je dit.

— Tu ne dois pas oublier, Ernest. L'honnêteté.

— Comment ça ?

— Sur l'Internet, il faut être très honnête. Ce serait facile de raconter des tas de mensonges !

De dire, par exemple, que tu as 18 ans, que tu as les yeux verts et que tu ressembles à Brad Pitt ! Mais toi, mon chéri, tu es si authentique ! Pas menteur pour deux sous ! Pareil comme ta mère.

Mémère Bardoux me fit un gros bisou sur le front puis me serra contre elle. Je me considérais tellement chanceux d'être son petit-fils.

12

Durant des semaines et des semaines, nous fréquentâmes assidûment Mémère Bardoux et son vieux mari en essayant de l'appeler pépère Ansèlme pour lui faire plaisir.

Ma mère se montrait moins farouche à mesure qu'elle apprenait à le connaître. Monsieur Bardoux faisait quand même tout pour apprivoiser sa belle-fille : il lui concoctait des huiles essentielles pour répandre de longs effluves dans sa baignoire, il lui enseigna l'art de la pâtisserie française et il offrit à ma sœur Caroline des centaines de timbres rares pour sa collection ; ce qui finit par mettre un terme à l'effarouchement de ma mère.

Quant à papa, il s'entendait avec monsieur Bardoux comme s'il l'avait toujours connu, discutant de toutes sortes de sujets pour hommes, se moquait-il souvent.

Nous étions la veille de Noël. Ma mère revint de faire ses emplettes de dernière minute. Elle courait dans tous les sens. Elle déposait un plateau de bonbons au sucre d'orge sur une table, replaçait une guirlande dans le sapin, chantait quelques *alléluia* en tournoyant comme une toupie. La veille de Noël avait toujours procuré à ma mère une joie indescriptible. Elle redevenait une petite fille, un santon, un ange.

Cette fois, je la surpris en train d'emballer une énorme corbeille remplie de produits alimentaires exotiques, son anse agrémentée de sachets d'herbes de Provence.

— J'ai eu la meilleure idée au monde ! Regarde comme c'est beau. Respire comme ça sent bon ! s'excita-t-elle.

— Je suis sûr qu'elle va être très contente !

— Ce n'est pas pour Mémère Poussière. Ce cadeau est pour Ansèlme ! Regarde, il y a de la moutarde, du jambon de Bayonne, des saucissons secs, de la tapenade, des câpres, de la lavande, des…

Elle l'avait appelé « Ansèlme ». Elle lui avait acheté un cadeau de Noël qui avait dû lui coûter une fortune ! Ma mère dansait de bonheur à l'idée d'offrir un cadeau à son beau-père. La magie de Noël avait agi, selon moi.

Maman me prit le bras et m'entraîna devant le sapin et nous nous assîmes tous les deux par terre. Elle avait de la lumière dans les yeux.

— Ce sera le plus beau Noël de ma vie ! lança-t-elle.

— Que s'est-il passé, glissai-je avec suspicion.

— J'ai parlé avec Mémère Poussière. Tu sais, elle aimait beaucoup grand-papa Marcel. Elle l'a soigné, elle l'a accompagné jusqu'à la fin. Elle a eu beaucoup de peine.

— Je sais.

— Puis, elle a rencontré Ansèlme sur l'Internet. Ils se sont écrit durant des mois. Ils ont échangé leurs photos et celles de la famille.

— Je sais tout ça, maman.

— Ce que tu ne sais pas, petit malin, c'est que M. Bardoux a été séduit par notre famille. Papa, toi, ta sœur Caroline et moi. Évidemment, il a dû faire des tas de demandes à l'Immigration, vendre sa maison et sa boutique, laisser sa fille en France pour venir habiter ici. Fallait-il qu'il aime Mémère Poussière, dis-donc !

Maman avait les yeux illuminés par les lumières dans l'arbre. On aurait dit une poupée de porcelaine. Je lui sautai au cou et l'embrassai.

— Il faut que je me dépêche. Il me reste des tas de plats à préparer, et la table à dresser.

— Je vais t'aider, lui proposai-je avec enthousiasme.

— Avant de m'aider, as-tu pensé à souhaiter joyeux Noël à ta copine Ambroisine ?

Je me mis à rire. Comme ma mère avait changé !

— Ambroisine, elle est musulmane ! Elle ne fête pas Noël. Je lui ai déjà souhaité un joyeux ramadan.

Ma mère me prit dans ses bras et me serra très fort contre elle.

— Tu vois, mon petit Ernest, pas besoin de voyager. Le monde entier vient vers nous grâce à l'Internet. Tu vas me montrer comment ?

Glossaire

Accoutumée (à l'): comme d'habitude.

Acquiescer : accepter, dire oui.

Allégresse, n.f. : joie, bonheur.

Assidûment : souvent, de manière régulière.

Bigarrée : pleine de couleurs différentes.

Binette n.f. : figure.

Bridge n.m. : jeu de cartes.

Bouillabaisse n.f. : soupe de poissons avec de la sauce tomate.

Cabrioles n.f. : des sauts de joie.

Cagibi n.m. : petite pièce qui sert pour ranger des petites choses.

Câlin n.m. : une caresse.

Cantates n.f. : chansons sérieuses.

Civet de lièvre n.m. : plat de lièvre cuit avec du vin et des herbes de Provence.

Concocter : préparer en secret.

Couiner : pousser des petits cris.

Effarouchement n.m. : peur.

Effluves n.m. : odeurs persistantes et agréables.

Épatant : très intéressant, formidable.

Esclaffer (s') : rire sans pouvoir s'en empêcher.

Exaspération n.f. : sans aucune patience.

Farouche : apeurée.

Flageolets n.m. : fèves blanches que l'on utilise pour faire des ragoûts.

Fossettes n.f. : petits trous dans les joues.

Fricoter : cuisiner.

Grigou mal léché n.m. : drôle de personnage vieux et de mauvaise humeur.

Hébétée : muette de surprise.

Hétéroclites : qui n'ont aucun rapport entre eux.

Indices n.m. : détails qui nous aident à résoudre un mystère.

Intercontinentale : d'un continent à l'autre.

Interminable : trop long.

Mimique n.f. : expression du visage, grimaces.

Mixture n.f. : mélange.

Outre-mer : de l'autre côté de la mer.

Pavarotti : célèbre chanteur d'opéra italien.

Pétanque n.f. : jeu qui consiste à lancer des boules de métal le plus près possible d'une petite boule de bois appelé le « cochonnet ».

Pétoncle n.m. : fruit de mer que l'on trouve dans un coquillage.

Peuchère ! : patois très populaire dans le sud de la France.

Polka n.f. : danse enjouée.

Reluquer : regarder du coin de l'œil.

Repaire n.m. : endroit où on se cache.

Salvador Dali : grand peintre catalan reconnu pour sa fantaisie… et ses longues moustaches fines.

Sarrasin n.m. : céréale avec laquelle on fait de la farine.

Sceptique : qui ne croit pas ce que les autres racontent.

Stries n.f. : lignes fines.

Suspicion n.f. : inquiétude, doute.

Terre Sainte n.f. : pays où Jésus a passé sa vie.

Tonitruant : fort comme le tonnerre.

Tournois n.m. : parties que l'on joue contre d'autres personnes.

Vrombir : faire un bruit de moteur

De la même auteure

Quelques titres pour adultes :

Défense et illustration de la toutoune québécoise, Éditions Alain Stanké (1991).

Ma belle pitoune en or, Éditions Alain Stanké (1993).

La couleuvre, Éditions Alain Stanké (1995).

Babyboom blues, Éditions Alain Stanké (1997), avec Angèle Delaunais.

Les mains si blanches de Pye Chang, Éditions Triptyque (2000).

Quelques titres pour la jeunesse :

Collection Tante Imelda, Éditions Pierre Tisseyre :
Le Congrès mondial des gens bizarres (1997).
La baronne de la longue Aiguille (1997).
Le rescapé de l'Archipel des Dragons Éteints (1998).
L'inoubliable scandale du salon du livre (1999).
Espadrilla Ribocque et l'anneau de Bérénice (2000).

Collection Sésame, Éditions Pierre Tisseyre :

Le pays des noms à coucher dehors (1999).

Collection Ados, Éditions Vents d'Ouest :

Amitié, dites-vous ? collectif (1998) Le dernier voyage d'Odilon Bernsky.
Deux petits ours au milieu de la tornade (1999) Finaliste au prix du livre M. Christie 1999.
Mon père, ce salaud (2000).

... et plusieurs autres.

Transcontinental
IMPRESSION
MÉTROLITHO

Imprimé au Canada
juin 2001